PÈRE CASTOR

LES CONTES de TOUJOURS

FLAMMARION

SOMMAIRE

SOMMAIRE

POULEROUSSE

VIEUX CONTE RACONTÉ PAR **LIDA**, ILLUSTRATIONS D'**ÉTIENNE MOREL**

Près du bois, il y a un jardin.
Dans ce jardin, il y a une maison :
c'est la maison de Poulerousse.
Dans la cuisine et dans la chambre,
tout est propre et bien rangé.

Poulerousse est une bonne ménagère : pas un grain
de poussière sur les meubles, des fleurs dans les vases,
et aux fenêtres de jolis rideaux bien repassés.
C'est un plaisir d'aller chez elle.

Elles ont beaucoup de choses à se dire.
Elles s'assoient l'une en face de l'autre.
Elles boivent
un tout petit verre de vin sucré,
croquent des gâteaux secs.
Elles chantent et jouent aux dominos,
ou bien…

Son amie la tourterelle
vient la voir tous les jours.
Toc, toc, toc…
Elle frappe doucement à la porte.
Les deux amies s'embrassent.
Ce sont des "cot, cot, cot, cot"
et des "oucourou, oucourou"
à n'en plus finir.

… elles travaillent en bavardant.
La tourterelle tricote.
Poulerousse aime mieux coudre ou raccommoder.
Du reste, elle a toujours dans sa poche
une aiguille tout enfilée, un dé et des ciseaux.
Et elle est toujours prête à rendre service
aux uns ou aux autres,
en raccommodant
un accroc ici ou là.

Aussi tout le monde dit du bien d'elle.
Et le renard, qui dresse ses oreilles pointues
à tous les vents, entend un jour :
– Quelle bonne petite poule, cette Poulerousse !
Et comme elle est belle et grassouillette !
toute grassouillette !…
– Grassouillette… se dit le renard.
Oh ! aïe ! aïe ! toute grassouillette !

L'eau lui vient à la bouche et il court tout droit chez lui.

Il entre en dansant et en chantant :
– Grassouillette ! grassouillette ! elle est toute grassouillette !
– Mais que t'arrive-t-il donc ? demande la renarde. Tu es fou !
– Tra la la ! il y a une poule rousse près du bois.
Une poule comme il faut, et grasse à point.
Je vais l'attraper. Et tout de suite. Vite, donne-moi un sac.
Prépare la marmite. Fais bouillir de l'eau.
Nous allons la faire cuire et la manger, cette poule rousse !
– Quel renard tu es ! Quel amour de renard !
s'écrie la renarde toute joyeuse.
Et elle lui tend le sac.

La tourterelle s'envole.
Poulerousse va chercher du bois au bûcher.
Alors, houp !
Le renard saute dans la cuisine
sans faire de bruit
et se cache derrière la porte.

Le renard file comme le vent.
Il voit la maison de Poulerousse,
s'approche doucement,
se cache derrière un arbre.
Au même moment, la porte s'ouvre.
– Cot, cot, cot, au revoir,
chère tourterelle, à demain.
– À demain, ma Poulerousse.
Au revoir !

Poulerousse prend du bois
et rentre tranquillement dans sa maison.
Mais, ha ! Le renard l'attrape
et la fourre dans son sac, si vite que Poulerousse
n'a pas le temps d'ouvrir le bec.

– Je te tiens, je te tiens, ma belle !

Le renard noue le sac, le jette sur son épaule
et s'en va en sifflant.
Poulerousse est tout étourdie.
Elle étouffe, elle se débat dans le sac
et lance un "cot, cot" plein d'effroi.
Mais… qui l'entendra ?

Enfin, elle s'envole, pousse un petit cri
et se pose à quelques pas du renard.
Elle volette et sautille en traînant l'aile,
comme si elle était blessée.

– Une tourterelle blessée !
quelle chance !
Attends ma petite.
Il y a encore une place
pour toi dans la marmite !

Le renard pose le sac par terre
et court après la tourterelle.

Qui l'entendra ?
La tourterelle…
Elle est là tout près,
sur une branche de pommier.
Elle comprend que le renard emporte
Poulerousse pour la manger.
Son cœur bat très fort,
ses ailes tremblent,
elle a du mal à les ouvrir.

Il croit l'attraper…
Hop ! elle saute
et se pose quelques pas plus loin.
Hop ! hop !…
Et, tout en sautillant, elle chante :
"Oucourou, oucourou".
Cela veut dire :
"Courage, Poulerousse,
sauve-toi !"

Vite, vite, Poulerousse prend ses ciseaux dans sa poche.
Crac, crac, elle coupe la toile, et pfutt ! la voilà libre.

Puis elle pousse une grosse pierre dans le sac
et le recoud en un clin d'œil, remet dans sa poche
son aiguille tout enfilée, son dé, ses ciseaux,
et court, court, court vers sa maison.

Le renard court aussi. Il est très loin, tout essoufflé :
– Nom d'un rat !
Il faut que je l'attrape, cette sale bête !

Là, cette fois, ça y est !… Ouap !…
Rien !

La tourterelle s'envole juste assez haut
pour voir Poulerousse entrer dans sa maison.
Alors, rassurée, elle s'envole pour de bon,
haut, très haut.

Le renard reste bouche bée,
et, furieux, revient vers le sac,
qu'il remet sur son épaule en grognant :
– Au moins, celle qui est là-dedans
ne se sauvera pas !

Puis il rentre chez lui,
bien fatigué.

Le couvert est mis et l'eau bout dans la marmite.
– L'as-tu attrapée ? demande la renarde
en se jetant à son cou.
– Si je l'ai attrapée ? Tiens !
Vois comme elle est lourde !

La renarde soupèse le sac.
– Hum ! quel déjeuner nous allons faire !

Ils s'approchent tous les deux de la marmite,
ouvrent le sac et le secouent
au-dessus de l'eau qui bout.

La pierre tombe.

L'eau bouillante jaillit sur eux et les brûle si fort
qu'ils se sauvent en hurlant dans les bois.

Jamais ils ne sont revenus.

Et depuis ce jour,
Poulerousse et la tourterelle
ne se quittent plus.

Elles vivent ensemble
dans la petite maison de Poulerousse.
Elles sont très heureuses.

La Vache Orange

D'APRÈS **NATHAN HALE**, ILLUSTRATIONS DE **LUCILE BUTEL**

Un jour, la Vache Orange de monsieur Leblanc
sauta par-dessus la barrière.
La voilà partie sur la route.

Un renard gris, qui passait par là, lui dit :
– Comment ça va-t-il aujourd'hui ?

La Vache s'assit et répondit :
– Meu… meu… je suis bien malade…

Alors le bon Renard prit la Vache sur son dos,
l'emporta chez lui…
et la mit au lit.

Quand elle fut au lit, le Renard lui demanda :
– Est-ce que tu as de la fièvre ?
– Je ne sais pas, répondit la Vache.
As-tu un thermomètre ?

Le Renard mit un biberon dans la bouche
de la Vache, et lui dit :
– Ne mords pas, surtout !
Mais cela ne servit à rien, parce que c'est très,
très difficile de prendre la température
d'une vache… avec un biberon.

Le Renard tâta le nez de la Vache…
Quand un chien a le nez très chaud,
c'est qu'il est malade.
Le Renard eut vraiment peur…
La Vache avait le nez rouge et brûlant…
« Non, non, pensa-t-il, les vaches
ne doivent pas avoir le nez si chaud que ça. »

Le Renard dit :
– Montre-moi ta langue.
La Vache tira la langue…
Elle était longue et très verte.
– Oh ! là, là ! s'écria le Renard,
tu as mangé beaucoup trop d'herbe !
Il faut changer un peu.

Il courut à l'armoire à pharmacie…
mais il n'y trouva rien…
rien que des savonnettes
et de la pâte dentifrice et…
et une bouillotte qu'il remplit d'eau chaude.
Le bon Renard essaya de réchauffer les pieds
de la Vache avec la bouillotte.

Mais c'est très, très difficile,
les vaches ont tant de pieds !
La Vache remercia le Renard, et lui demanda :
– Est-ce que tu n'as pas faim ?
– Non, répondit le Renard.
Et la Vache, après un instant, dit :
– Mais moi, j'ai faim…

La Vache n'était pas sage du tout!
Dès que le Renard fut parti,
elle se leva et mangea sa paillasse!

Alors, ça, ça mit le Renard en colère, et il lui dit:
– Si tu ne te conduis pas mieux, tu n'auras rien pour dîner!
Et la pauvre Vache se mit à pleurer.
– Meu… eu… Meu… eu…

Pourtant, il y avait pour le dîner
de la saucisse et des mûres,
et aussi un peu de champagne.
La Vache n'en avait jamais bu,
et voilà que ça lui pique le nez,
et qu'elle éternue, et qu'elle éternue!…

– Dors bien, maintenant, dit le Renard.
Et il embrassa la Vache sur les deux joues.
– Bonne nuit, répondit la Vache de sa belle voix grave.
Et elle s'endormit.

Au milieu de la nuit, la Vache fit un terrible cauchemar…
Elle rêva qu'elle était assise sur les rails du chemin de fer…

Un train arrivait… un autorail…
il passait le tournant… elle le voyait…
– Meu… eu… eu… au secours ! meugla la Vache.

Le Renard se précipita dans la chambre.
– Qu'est-ce qu'il y a ?
– Meu… eu… eu… criait la Vache,
il y a un autorail juste au tournant !
Et les voilà qui se cachent tous les deux sous le lit !

Ce ne fut pas sans peine que
le Renard décida la Vache à se recoucher.
Il fallut allumer une bougie
et la placer près de son lit pour qu'elle n'ait plus peur !

Le lendemain, quand la Vache s'éveilla,
elle ne se rappela pas où elle était.

Le Renard, qui entrait dans la chambre,
lui demanda comment elle allait.
– Mieux, merci, répondit-elle.
– Bon, dit le Renard.

Et il lui laissa de l'eau chaude et du savon
pour se laver la figure.

Ensuite, le Renard apporta un bon déjeuner pour la Vache :
du jus d'orange, du pain beurré,
et une grande tasse de chocolat bien chaud.

Quand la Vache eut fini de déjeuner,
le Renard lui dit :
– N'oublie pas de te laver les dents.

Et il emporta le plateau.

Aussitôt levée, elle se lava les dents,
se brossa les poils, se lissa les cornes…

… et descendit retrouver le Renard
qui était dans la cuisine.

Il était en train de parcourir le journal.
Tout à coup, il vit une grande annonce :
Belle récompense à qui ramènera…
… UNE VACHE ORANGE égarée.

– Est-ce que tu te sens assez bien
pour retourner chez toi à pied ? demanda le Renard.
– Oh ! oui, dit la Vache.

Et les voilà partis tous les deux.

Quand monsieur Leblanc vit
sa Vache Orange entrer dans la cour,
c'est lui qui fut content !

Il donna au Renard une belle récompense…
cinquante sous et trois gros bonbons,
et à la Vache, un excellent dîner
de trèfle et de froment.

MICHKA

CONTE DE **MARIE COLMONT**, ILLUSTRATIONS DE **F. ROJANKOVSKY**

Michka s'en allait dans la neige en tapant des talons.
Il était parti de chez lui ce matin-là,
comme le jour commençait de blanchir la fenêtre ;
de chez lui, c'est-à-dire de la maison d'Élisabeth,
sa jeune maîtresse, qui était une petite fille
impérieuse et maussade.
Lui, c'était un petit ours.
En peluche.
Avec le dessous des pattes en velours rose,
deux boutons de bottine à la place des yeux,
trois points de laine à la place du nez.

En se réveillant, il s'était senti tout triste
et dégoûté. Élisabeth n'était pas gentille ;
il lui fallait vingt-cinq joujoux à la fois pour l'amuser
et, quand on avait cessé de lui plaire,
il n'était pas rare qu'elle vous secouât
et vous jetât d'un bout à l'autre de la pièce ;
tant pis s'il lui restait une de vos pattes dans la main.

– J'en ai assez d'être un jouet ici,
grognait Michka en se frottant les yeux de ses poings.
Je suis un ours, après tout !
Je veux aller me promener tout seul
et faire un peu ce qui me plaît,
sans obéir aux caprices d'une méchante petite fille.
Et bien que la chambre fût tiède
et – tant qu'Élisabeth dormait – plaisante,
Michka s'était sauvé en passant par la chatière.

Maintenant, il s'en allait dans la neige...
Il levait haut les pattes, l'une après l'autre,
et chaque fois qu'il en posait une,
cela faisait dans la neige un petit trou rond.

Or, depuis bien cinq minutes, un roitelet le suivait.
Ces roitelets, c'est farceur ; ça a la queue retroussée
et ça sautille par-ci, par-là, on dirait toujours
qu'ils se moquent de vous.

Celui-là faisait « Piou !... Piou !... »
dans le dos de Michka
et, quand Michka se retournait,
vite il se laissait tomber dans un des petits trous ronds
que les pattes de Michka avaient faits dans la neige.
– Hm ! disait Michka, j'avais bien cru pourtant entendre...

Et dans son trou, le roitelet mourait de rire.

Mais tout de même, à la fin,
du coin de l'œil, Michka l'aperçut.
– Brrr ! lui fit-il au nez en se retournant d'un seul coup.

Pauvre roitelet !
Il eut si peur qu'en volant il emmêlait ses ailes
et que ce fut miracle s'il ne tomba pas.
Il se blottit sous un buisson et se tint désormais tranquille.

– Tradéridéra, tralala ! chantait Michka en continuant
sa route, c'est très amusant d'être un petit ours
qui se promène dans la campagne.
Je ne veux plus jamais être un jouet !

Après ça, au pied d'un arbre où la neige avait fondu,
il trouva un pot de miel ; une paysanne l'avait perdu
sans doute au retour du marché.
Mais le pot de miel était fermé
et Michka ne savait pas dévisser le couvercle.

Après avoir essayé de toutes les manières, il devint furieux.
– Tiens, grande bête de pot, dit-il en lui lançant
un coup de pied, va-t'en où il te plaît !
Et le pot se mit à rouler et, roulant,
il buta contre une pierre, s'ouvrit en deux :
voilà le miel !

– Mm ! Mm ! faisait Michka en se régalant,
que la vie est belle dans les bois !
Jamais plus je ne serai un jouet, ça, non !

Naturellement, quand il eut bien déjeuné,
qu'il se fut bien frotté son petit ventre rond,
il eut envie d'aller faire la sieste en haut de l'arbre.
Il grimpa donc et s'installa dans les branches
et dormit un bon coup.

Quand il se réveilla, c'était presque le soir...
Deux oies sauvages s'étaient posées à la cime de l'arbre
pour se dégourdir les pattes et on les entendait causer.
– Can, can ! c'est le soir de Noël ! disait l'une.

– Can, can ! disait l'autre.
C'est ce soir que chacun
doit faire une bonne action,
c'est ce soir que chacun
doit aider son semblable,
secourir les malheureux,
réparer les injustices...

« Tiens... Tiens... se disait Michka,
je ne savais pas ça... »
Et puis elles s'envolèrent
au fond du grand ciel gris.

Et Michka descendit de son arbre et repartit dans la neige,
cherchant une bonne action à faire...
Mais on eût dit que la terre où il était arrivé
maintenant était toute déserte.
Pas une maison, pas un animal,
rien que la neige et les grands bois.

Soudain, voici qu'il entendit des grelots.
C'était un traîneau, tiré par un renne.
Le renne était blanc, son harnais était rouge
et parsemé de clochettes, et tout ça était très joli ;
et aussi, dans ses beaux yeux longs,
le renne avait une lumière comme
on n'en voit pas sur cette terre, assurément.

Sur le traîneau, il y avait un grand sac,
tout gonflé, tout bossu.
C'était le Renne de Noël qui faisait sa distribution,
comme c'est l'usage dans les pays du Nord,
où il y a bien trop de neige
pour qu'un Bonhomme Noël
puisse cheminer à pied.

– Grimpe vite, dit le Renne à Michka, tu m'aideras...

Oh ! ça, c'était amusant !
Le traîneau volait sur la neige.
La nuit était venue, mais il y avait tant d'étoiles au ciel
qu'on y voyait comme en plein jour.

À chaque village, à chaque maison,
le Renne s'arrêtait et Michka, entrant à pas de loup,
mettait dans la cheminée un chemin de fer,
un pantin, une trompette,
tout ce qui lui tombait sous la main
en fouillant dans le grand sac.

Michka s'amusait comme un fou ;
s'il était resté, sage petit joujou,
dans la maison d'Élisabeth,
aurait-il jamais connu une nuit pareille ?

De temps en temps, cependant, il pensait :
« Et ma bonne action, dans tout ça ? »

Alors, on arriva à la dernière maison ;
c'était une cabane misérable,
à la lisière d'un bois.

Michka fourra la main dans le grand sac,
tourna, fouilla : il n'y avait plus rien !
– Renne, ô Renne ! Il n'y a plus rien dans ton sac !
– Oh ! gémit le Renne.

Dans cette cabane, il y avait un petit garçon malade ;
demain matin, en s'éveillant, verrait-il ses bottes vides
devant la cheminée ?
Le Renne regardait Michka de ses beaux yeux profonds.

Alors Michka fit un soupir,
embrassa d'un coup d'œil la campagne
où il faisait si bon se promener tout seul
et, haussant les épaules, levant bien haut ses pattes,
une, deux, une, deux,
pour faire sa bonne action de Noël, entra dans la cabane,
s'assit dans une des bottes, attendit le matin...

LA FAMILLE RATATON

TEXTE ET ILLUSTRATIONS DE ROMAIN SIMON

C'est la famille Rataton : il y a monsieur Rataton,
il y a madame Rataton, il y a les trois enfants Rataton.

Monsieur Rataton est en train de boire
du café au lait bien sucré.

Madame Rataton range ses provisions dans l'armoire.
– Tu devrais aller me chercher quelques graines
pour le dessert, dit-elle à monsieur Rataton.
– Bon, dit monsieur Rataton, j'y vais.
Au revoir les enfants, au revoir Doucette.

Il prend deux petits paniers.
Il embrasse tendrement madame Rataton.
Et floup ! il court dans la campagne.

Pendant ce temps-là, madame Rataton balaie
les longs couloirs de sa maison, creusée dans la terre.

Et, quand elle a fini son ménage,
elle va promener ses enfants :
– Allons, marchez devant, dit madame Rataton,
ne vous éloignez pas, et ne vous faites pas remarquer
en poussant des cris.
– Oui, Maman ! Non, Maman !

De son côté, monsieur Rataton a ramassé
de bonnes petites graines.
Il rentre tout content.
Mais le zèbre et la girafe se moquent de lui.
Tous les matins, c'est comme ça.
– Qu'il est petit, qu'il est petit !
si encore il était rayé ! dit le zèbre.
– Ou s'il avait un long cou ! dit la girafe.
Monsieur Rataton est triste, avec ses petits paniers.
Il se dit :
« Comme il fait bon être chez soi,
sans ces grosses bêtes qui se moquent de vous. »

En revenant de promenade avec ses enfants,
madame Rataton rencontre le singe.
Il rit en les voyant passer.
– Hi, hi ! ha, ha ! qu'ils sont petits, que c'est drôle !
hi, hi ! ha, ha !
– Tenez-vous bien mes enfants, dit madame Rataton,
ne vous retournez pas.
Et elle pense :
« Si nous sommes petits, lui il est bien laid. »

– C'est une bonne idée, dit monsieur Rataton.

Il va chercher une pelle, une pioche,
et il creuse la nouvelle galerie ;
Les petits Rataton dansent et chantent :
– On va avoir un nouveau couloir ! tralala !
une nouvelle sortie ! tralala ! tralali !

Les Rataton se retrouvent tous chez eux.
– C'est tout de même malheureux d'être si petits,
dit monsieur Rataton.
– Nous sommes très bien ainsi,
et nous sommes beaucoup plus gros
que les fourmis, dit madame Rataton.
– Ça c'est bien vrai, dit monsieur Rataton.
– Tu sais, tu devrais creuser un couloir
pour faire une autre sortie.
Comme cela, nous ne serions pas obligés
de passer devant le zèbre, la girafe et le singe,
dit madame Rataton.

Mais en levant la tête,
monsieur Rataton voit **un lion** !
Un vrai lion avec une crinière
et d'énormes pattes.

Monsieur Rataton pioche
et creuse longtemps.
Il a bien chaud !
Ouf ! Il se repose un moment…
Les enfants sont curieux de savoir
où va déboucher la nouvelle sortie.

Enfin, ça y est ! Le couloir est percé.

Les Rataton mettent leur museau dehors,
leurs moustaches tremblent de plaisir.

Monsieur Rataton tombe à genoux.
– Ne me mangez pas, Monsieur le Lion !
Madame Rataton serait bien ennuyée,
et mes enfants lui donneraient
trop de soucis sans moi.

Ce lion-là est un brave lion, ça tombe bien.
– N'ayez pas peur, dit-il, même si j'avais faim,
je ne vous mangerais pas.

– Oh ! merci, Monsieur le Lion ! Merci !
Si vous avez besoin de moi, ne vous gênez pas,
venez me chercher. J'habite là.
Vous voyez, nous sommes voisins :
demandez monsieur Rataton.
– Entendu, dit le lion. Il est très amusé,
et il se demande comment un si petit animal
pourrait lui rendre service !
– Au revoir, Monsieur le Lion.
Mes enfants, dites bien au revoir
à Monsieur le Lion.

Madame Ratatonrcommence
à être inquiète.
Elle va voir ce qui se passe.
– Regarde le lion qui s'en va,
dit monsieur Rataton, c'est mon ami,
il ne nous a pas fait de mal !
Un lion très poli, et qui sait parler
aux bêtes plus petites que lui.

– C'est un brave lion, dit madame Rataton.
Mais il faut aller à table maintenant.
Lavez-vous bien les mains, mes enfants.

Et toute la famille : Papa, Maman,
les trois petits Rataton,
dînent et vont se coucher.

Dans la nuit, monsieur Rataton est réveillé
par un long rugissement :
– Rrôâô… Rrôâô…
« C'est le lion, se dit monsieur Rataton.
Il doit avoir besoin de moi.
Vite, mon pantalon, mon cache-nez ! »

Monsieur Rataton court, court.
– Rrôâô… Rrrôâô… Rrôâô…
Le lion s'est pris dans un piège.
Il est emprisonné dans les mailles d'un grand filet.

Plus il se débat, plus les cordes le serrent.

Il a l'air très malheureux.
– Monsieur le Lion, c'est moi…
monsieur Rataton, vous savez, votre voisin,
ne bougez pas, attendez un moment :
je vais vous délivrer.

Le lion essaie de remuer,
il souffle très fort.
– Nous allons y arriver,
Monsieur le Lion, patience.
Ne vous énervez pas.

Monsieur Rataton court chez lui.
Il réveille madame Rataton,
il réveille ses enfants.
Puis il prend deux bonnes scies.
Madame Rataton emporte des provisions.
Les enfants Rataton trouvent cela très drôle.
Ce n'est pas souvent que l'on sort en pleine nuit.

À l'ouvrage !
Monsieur et madame Rataton
scient les cordes brin à brin.
Les enfants grimpent
et jouent dans le filet.

Le lion se soulève… et Crââac…
tout le filet se déchire : le lion est libre,
le lion gambade, les Rataton dansent de joie.
– Merci, merci chers amis.
– Ça n'est rien, Monsieur le Lion,
tout à votre service, au revoir.
– Mais non, mais non, dit le lion,
je ne peux pas vous quitter comme ça.
Regardez, le jour se lève.
Montez sur mon dos,
nous allons faire
une promenade.

– Si vous le permettez, Monsieur le Lion,
dit madame Rataton,
nous allons nous arrêter
un moment.
Il faut manger et boire un peu,
nous travaillerons mieux ensuite.

On mange, on boit et on se remet au travail.
Les scies vont plus vite.
Les mailles craquent une à une.
Les cordes ne tiennent presque plus.

Les petits Rataton montent les premiers.
– Tenez-vous bien à ma crinière, les enfants, dit le lion.
Puis c'est au tour de monsieur Rataton.

Madame Rataton monte la dernière,
et s'assied à côté de monsieur Rataton.
– En route, dit le lion.

Les Rataton, tout fiers,
passent devant le zèbre,
la girafe et le singe.
– Ce n'est pas le moment
de se moquer des Rataton,
chuchote le zèbre à la girafe.

Le singe n'est pas tranquille.
Le lion a l'air de lui dire :
« Ce sont mes amis maintenant.
Je te conseille de ne jamais te moquer d'eux. »

C'est une belle promenade que font les Rataton
sur le dos de leur ami.
Ils s'en souviendront longtemps.

L'OISEAU DE PLUIE

MONIQUE BERMOND, ILLUSTRATIONS DE KERSTI CHAPLET

L'oiseau de pluie, perché sur le grand tamarinier, chantait de mélancoliques « pluipluiplui » ! Banioum le regarda longuement… Il réfléchissait…

Puis il alla trouver sa grand-mère.
– Grand-Mère, dit-il, si nous avions un oiseau de pluie à nous, crois-tu que nos champs seraient arrosés quand nous le voudrions ?

La grand-mère hocha la tête, et répondit sans hésiter :
– Bien sûr ! car l'oiseau ne chanterait que pour nous. Les récoltes seraient abondantes, il n'y aurait jamais de famine !

Mais Banioum voulait en savoir davantage.

Il alla trouver son père.
– Père, dit-il, si nous avions un oiseau de pluie
dans notre maison, crois-tu que nos champs
seraient arrosés quand nous le voudrions ?
Le père réfléchit quelques instants, puis répondit :
– Non, je ne le pense pas.
Les vieux du village racontent beaucoup de légendes…
Faut-il croire tout ce qu'ils disent ?

Mais Banioum voulait en savoir davantage.

Il alla trouver le Grand-Sage :
– Grand-Sage, si nous avions un oiseau de pluie
dans le village, crois-tu que les champs
seraient mieux arrosés ?
– Oui, sans doute, car cet oiseau sait quand la pluie
va tomber… Il sait aussi quand elle doit s'arrêter !
L'eau ferait pousser les plantes, la rivière
ne serait jamais à sec, il n'y aurait plus d'épidémies…
Mais qui peut posséder un oiseau de pluie ?

Banioum en savait suffisamment cette fois.
« C'est bon, se dit-il, j'irai chercher un oiseau de pluie ! »

Et le lendemain, dès l'aube,
il se mit en route dans la brousse.
Il marchait depuis quelques instants seulement
lorsqu'il entendit une voix moqueuse l'interpeller :
– Où vas-tu Banioum ? Où vas-tu Banioum ?
Levant la tête, Banioum aperçut un perroquet
à travers les branches d'un cédratier.
– Je vais à la recherche d'un oiseau de pluie.
– Je n'aime guère cet oiseau qui se mêle toujours
de chasser le soleil. Alors si tu veux, je peux t'aider !
Je sais très bien imiter son cri.
Écoute : « pluipluiplui » !
– En route donc !

Et Banioum poursuivit son chemin en compagnie
du perroquet.
Quelques instants plus tard, ils rencontrèrent un singe.
– Bonjour Banioum, bonjour perroquet !
Où allez-vous ainsi dans la brousse ?
– Nous cherchons, nous cherchons... euh...
– Un oiseau de pluie, dit Banioum.
– Vraiment ? Alors, je vais avec vous,
je peux vous être utile : je sais fabriquer
des pièges qui attrapent des oiseaux de pluie.
– Tu ne les aimes pas ?
– Oh ! ni plus ni moins que les autres !
Mais s'il y a un bon tour à jouer, je suis toujours content.

– En route donc !

Au bout de quelques heures,
ils arrivèrent au pied d'un baobab.
– Arrêtons-nous ici, dit le singe.

Il fabriqua un piège, et le perroquet,
caché dans les branches de l'arbre,
se mit à chanter de gais « pluipluiplui » !
Il fallait attendre qu'un oiseau de pluie se décidât à venir.

Banioum s'assoupit.

Il fut réveillé en sursaut
par le perroquet qui piaillait :
– Ça y est, il est pris, il est pris !
L'enfant trouva dans le piège
l'oiseau qui se débattait.

Il le mit dans son sac,
et reprit le chemin du village.

Lorsqu'il fut arrivé,
il remercia le perroquet… le singe…
et prit congé d'eux.

Il construisit une belle cage à l'oiseau.
Il l'y enferma,
et tout le village vint l'admirer
et lui demander d'appeler la pluie.

Mais l'oiseau se contentait de pousser
de temps à autre un petit cri plaintif.

Des jours et des nuits passèrent :
l'oiseau ne chantait pas.

Les gens du village ne venaient plus voir l'oiseau.
Banioum attendait, Banioum espérait toujours.

Les semaines passèrent.
Les champs du village
et ceux d'alentour se desséchèrent
au point que la terre se fendit
et se craquela.

L'oiseau ne chantait toujours pas.
Plus personne ne venait voir Banioum
et son oiseau.

Alors, Banioum se rendit
chez le Grand-Sage.

Le Grand-Sage attendait Banioum ;
il le fit entrer dans sa case et ressortit
en fermant la porte derrière lui.

Avant la tombée de la nuit,
il délivra l'enfant, et lui demanda :
– Pourquoi es-tu en larmes, Banioum ?
– Parce que j'avais peur là-dedans !
– Pourquoi as-tu pleuré
au lieu de chanter, Banioum ?
– A-t-on envie de chanter
quand on est enfermé ?
– C'est bon, Banioum.
Maintenant, rentre chez toi
et occupe-toi de ton oiseau.

Banioum rentra chez lui,
prit la cage,
la déposa devant la case,
ouvrit la porte et sortit délicatement
l'oiseau en murmurant :
– Oiseau, mon cher oiseau, va... va...

L'oiseau tourna la tête, regarda l'enfant,
secoua deux ou trois fois ses ailes,
puis s'élança avec de joyeux « pluipluiplui »,
d'un vol si rapide qu'il ne fut bientôt plus
qu'un petit point bleu, là-haut,
très haut dans le ciel !

Et sur le village de Banioum
une pluie chaude
et bienfaisante se mit à tomber.

La Grande Panthère Noire

Paul François, illustrations de Lucile Butel

La Grande Panthère Noire a une faim terrible.
Elle sort de la jungle pour chasser.

Elle rencontre un lapin : elle le mange.

Elle rencontre un petit cochon : elle le mange.

Elle rencontre une vieille chèvre : elle la mange.

Elle rencontre une grande vache : elle la mange.

Alors là, ça ne va plus !

Les braves villageois ne sont pas contents.
(Ce sont des hindous de l'Inde.)
Ils prennent leurs fusils et ils partent
à la recherche
de la Grande Panthère Noire,
en entonnant leur chant de guerre
pour se donner du courage.

Les jeunes gars du village marchent devant.

Le vieux chef marche derrière.

Il découvre bientôt la piste de la Panthère
en suivant les traces
de ses grosses pattes noires sur le sable.

Le vieux chef a épaulé son fusil…
Pan-Pan! Il a tiré au hasard.
Manquée la Panthère Noire!

Mais où est-elle donc?

Les jeunes gars du village
se retournent au bruit,
et que voient-ils juste derrière le vieux chef?

La Grande Panthère Noire qui renifle
et qui fait Miam Miam
en ouvrant une gueule comme ça.

Alors le plus brave des chasseurs
se sauve à toutes jambes
et les autres le suivent…
en tirant des coups de fusil
à tort et à travers.

La Grande Panthère Noire,
qui n'aime pas beaucoup
le bruit du fusil,
se sauve aussi…

Les braves villageois ne vont pas
bien loin, car ils ont très envie
de la belle fourrure noire
de la Grande Panthère Noire.

Ils font un feu et se reposent
avant de repartir.

Et puis la chasse continue.

La Grande Panthère Noire fait le tour
d'un petit bois de figuiers banians
pour surprendre les braves chasseurs,
mais les braves chasseurs courent derrière elle.

Quand les chasseurs sont d'un côté du bois,
la Grande Panthère Noire… est de l'autre côté !
Si bien qu'ils tournent autour du petit bois
de figuiers banians un jour, une nuit,
une semaine, des mois…

Tout de même, au bout d'un an,
la Grande Panthère Noire se dit :
« Il faut en finir, j'ai maigri de 100 livres
à force de tourner en rond sans rien manger !
Si ça continue, les chasseurs auront ma peau
sans tirer un coup de fusil. »

Alors, au trot, la voilà partie
tout droit vers le Nord !
Les braves chasseurs courent toujours
derrière elle, en suivant les traces
de ses grosses pattes noires.

La Grande Panthère Noire franchit l'Himalaya,
le Tibet, la Mongolie, la Muraille de Chine
et la Sibérie.

Et les braves chasseurs franchissent, eux aussi,
l'Himalaya, le Tibet, la Mongolie,
la Muraille de Chine et la Sibérie.

Enfin, la Grande Panthère Noire arrive sur une banquise.
Elle rencontre un ours blanc, un phoque gris,
un hareng, elle les mange.

Les braves chasseurs la suivent toujours.

Mais voici que la neige
se met à tomber à gros flocons.

La Grande Panthère Noire devient toute blanche,

et comme elle est toute blanche sur la neige blanche,
les chasseurs ne peuvent plus la voir :

Pfft… plus de Panthère !

Les pauvres chasseurs
sont bien étonnés ;

tête basse, et très tristes,
ils rentrent chez eux…

En arrivant, ils apprennent
que la Grande Panthère Noire
est déjà revenue
et qu'elle a mangé :

un lapin,
un petit cochon,
une vieille chèvre…

Alors là, ça ne va plus !
Mais alors plus du tout,
du tout, du tout !

Les villageois ne sont pas contents.
Ils prennent leurs fusils
et ils partent à la recherche
de la Grande Panthère Noire
en entonnant leur chant de guerre
pour se donner du courage.

Conte de la Marguerite

TEXTE ET ILLUSTRATIONS DE BÉATRICE APPIA

La Marguerite mit sa clé
sous son paillasson
et se dirigea vers
le bout du champ.

Toutes les fleurs de la prairie
lui crièrent à la fois :
– Marguerite, où vas-tu ?

Le vieux merle, qui chantait
sur le pommier,
se pencha en lui sifflant :
– Où vas-tu ?

Et le pierrot, la mésange,
la tourterelle
répétèrent en chœur :
– Où vas-tu ?

Au pré fleuri,
à tous les arbres habités,
la Marguerite répondit :
– Je veux savoir
ce qu'est devenu
le petit mouton
qui m'a brouté deux feuilles.

Elle se mit à marcher
sans plus regarder personne.

Oiseaux et fleurs crièrent encore :
– Marguerite, tu es folle !

Mais elle ne les entendait pas.

Au bord du champ,
Gloudouglou le ruisseau
lui barra le chemin.
– Hé ! Gloudouglou,
veux-tu me laisser passer ?

Gloudouglou était trop occupé
pour l'entendre.
Il courait de toutes ses forces
à travers prés
pour tomber en cascade
sur la roue grincheuse
du vieux moulin.

La Marguerite perdit l'équilibre,
tomba et fut entraînée
vers la chute d'eau
dont le bruit l'effrayait.

La voyant dans cette position
dangereuse,
le lézard du moulin cria :
– Accrochez-vous
à n'importe quoi !
Et il l'aida à se tirer de là.

Pendant que la pauvrette
se séchait, son nouvel ami
lui proposa de la conduire
chez Père Ducorbeau,
un vénérable savant
qui donnait des conseils
merveilleux et nichait
au sommet d'un peuplier.

La Marguerite avait le vertige.

Père Ducorbeau n'entendait
que d'une oreille et fort mal.
L'autre s'était bouchée
à force de dormir dessus
depuis tantôt cent sept ans.
Mais il avait un cornet acoustique
et, quand on criait bien fort,
il finissait par comprendre.

– Père Ducorbeau,
qu'est devenu le petit mouton
qui m'a brouté deux feuilles ?

Le vieux savant ne saisit pas
tout de suite la question ;
il répéta longtemps :
– Mouton… deux feuilles…

Puis, après une profonde
méditation, il dit :
– Je pense qu'il est
devenu grand !
– Ah ! répliqua la Marguerite,
mais où est-il ? Je voudrais
tant le voir !
– Il est dans sa chemise
de laine !…

Et c'est tout ce que Lézard
et Marguerite en purent tirer.
Père Ducorbeau leur avait tourné
le dos et jouait des castagnettes
avec son gros bec crochu
et tout sec.

Ils descendirent de leur perchoir.
La pauvre petite, tout étourdie,
s'endormit sous un champignon,
et Lézard retourna à son moulin.

À son réveil, Marguerite fit sa toilette
sous un rocher d'où s'échappait une source claire,
ornée de cresson et de fougères.
Elle but de bonnes gorgées d'eau fraîche,
et se remit en route.

Chemin faisant, elle rencontra une grosse bête
assise à l'ombre d'un arbre.

– Hé ! là ! Est-ce vous, le mouton qui m'a brouté
deux feuilles ? Vous avez bien grandi !
– Ah ! ah ! ah ! Un mouton ! Un mouton !
Voyez-vous cette Marguerite qui prend un bœuf
pour un mouton ! Même s'il est devenu grand,
ton petit mouton, il est encore dix fois moins gros que moi !
Mais, voilà, a-t-il eu le temps de devenir grand ?
Je crains bien que tu ne le retrouves jamais.
– Que voulez-vous dire ?

– Ils sont partis pour la montagne, lui et ses frères… À moins, soupira le bœuf, qu'ils ne soient partis chez le boucher…
– Et pour quoi faire ?
– Grande niaise ! Tu ne sais donc pas qu'ils seront mangés par les hommes ?
– Mangés ? Mais il faut les prévenir. Il faut les sauver ! J'y vais ! J'y cours ! Adieu !
C'est qu'elle l'aimait, son mouton ! Quand il lui avait brouté deux feuilles, il était si petit, tout blanc, encore tremblant sur ses pattes et bêlant après sa mère.
Et pour l'encourager à brouter de l'herbe, la Marguerite lui avait offert ses deux feuilles…
La Marguerite se dirigea vers l'étable. Une araignée, pendue à sa toile, la rassura :
– Ils ne sont pas allés chez le boucher, ils sont partis pour la montagne, c'est la saison. Vois-tu, c'est par ici !…

Marguerite se mit vaillamment en route.
Quelle fatigue de monter
par ces chemins pierreux !
Que de cailloux, d'épines,
sans parler du sol brûlant
qui lui rôtissait les pieds !
La pauvrette avait soif
et ne reconnaissait plus rien
qui lui fût familier.
Elle se sentait une étrangère.
Le parfum de fleurs inconnues
lui donnait mal à la tête.
On la regardait, car personne,
dans ce coin de montagne,
n'avait vu marcher une marguerite.
– Où est mon mouton ?
Par où sont-ils passés ?
demandait-elle à chaque pas.
– Suivez les petits crottins, lui répondait-on.
Un bourdon voulut même l'embrasser,
sous prétexte qu'elle avait
de grosses bonnes joues.
Comme c'était haut une montagne !
Parfois, un petit bruit annonçait une source
et la Marguerite y courait étancher sa soif,
s'y reposer, puis elle repartait.

Enfin, elle arriva à un herbage magnifique. L'herbe était fine comme des cheveux. Il y avait une foule de fleurs bleues, jaunes, rouges. Et cela sentait si bon, si fort, qu'elle se serait évanouie, sans le vent frais qui la ravigotait.

Au milieu de ce pâturage, paissant parmi ses frères, elle aperçut son cher mouton (elle le reconnut bien, car il avait une petite tache noire à l'oreille). Marguerite courut vers lui.
– Mouton, hé ! Mon cher mouton, ne me reconnais-tu pas ? Je suis la Marguerite qui t'a donné deux feuilles quand tu étais petit !
Le beau mouton était étonné et attendri.
– Je voulais te revoir. Mais, en voyageant, j'ai appris des choses terribles. On te tuera à la boucherie, pour te manger. C'est le bœuf qui m'a prévenue ! Sauve-toi, sauve-toi vite !

– Je ne puis le croire,
dit le mouton, je n'ai fait de mal à personne !... Me sauver ! Je périrais de chagrin sans mes frères ! Autant partager leur sort !...
La nuit tombait.
– À demain, ma courageuse petite fleur, je dois rejoindre un peu plus loin mon troupeau...

La Marguerite s'étendit sur l'herbe douce. Elle aperçut le pré du ciel épanoui d'étoiles. Elle n'avait jamais vu de fleurs si brillantes et s'endormit en les regardant.

Le jour revint. La Marguerite tapota sa jupe de feuilles, déplia sa collerette, et se présenta à ses voisines de l'herbage. Elle entendait tinter des clochettes,
— ding, dong, dang,—
et le troupeau s'éparpillait sur les pentes.

Mouton, bien éveillé, cherchait son amie.
Enfin il la retrouva.
– Marguerite, j'ai une bonne nouvelle à t'apprendre, lui dit-il.
– Tu vas te sauver ?…
– Regarde la belle clarine que le berger, ce matin, m'a mise au cou. Il m'a dit que grand-père Bélier était trop vieux maintenant pour conduire le troupeau et il m'a choisi pour le remplacer. Sais-tu que le bélier est le plus beau mouton du troupeau et qu'on ne le tue jamais ?
– Quelle joie ! Moi aussi, je vais te dire quelque chose : je m'installe ici pour toujours et j'élèverai sur l'alpage une nombreuse famille.

Et quand arriva l'automne, on vit sur le pré des touffes et des touffes de marguerites qui serraient contre leur cœur des poignées de petites graines.

Le froid commença.
Bientôt les moutons s'en retournèrent dans la plaine…

La neige vint recouvrir toutes les fleurs, toutes les plantes.

Les petites graines s'enfoncèrent bien profond dans la terre afin de préparer pour l'année prochaine un beau tapis pour les moutons.

LA BOÎTE À SOLEIL

TEXTE ET IMAGES D'ALBERTINE DELETAILLE

Regardez donc Lise.
Elle essaie d'attraper du soleil dans une boîte.
Ça y est. La boîte est pleine. Lise la ferme bien vite.
Ce sera amusant, la nuit, de lâcher le soleil
dans la chambre, pour faire des petites lumières
au plafond et sur les murs…

– Lise, que fais-tu ? lui demande
François son grand frère.
– Je ne peux pas te le dire…
c'est ton cadeau d'anniversaire.
– Je saurai bien deviner
ce que tu as pris dans cette boîte.

– C'est un trèfle à quatre feuilles ?
– Non !

– Une bête à bon Dieu ?
– Non !

– Un papillon ?
– Non !

– Des graines de pensée… ou de coquelicot ?
– Non ! Non ! et non !

– Une fraise ? Une groseille ? Une mûre ?
– Non ! Non ! et encore non !

– Un scarabée doré ?
– Pas du tout !

– Une grosse chenille, que je pourrai mettre dans un bocal pour voir comment elle devient papillon ?
– Non ! ce n'est pas cela.

– C'est vivant ?
– Je ne sais pas.

– Ça se mange ?
– Oh ! non.

– C'est pour quoi faire ?
– Pour faire tout ce que tu voudras.

Si tu en mets sur les bras et les jambes,
ils deviendront bruns.

Si tu en mets sur du linge mouillé, ça le fera sécher.
Si tu en mets sur les fleurs, ça les fera ouvrir.

Si tu en mets sur des cerises vertes,
elles deviendront rouges,

et si tu en mets sur une goutte de rosée,
tu verras toutes les couleurs qui existent.

– Eh ! bien ! c'est un drôle de produit.
Je ne cherche plus. C'est trop difficile…
…donne-le-moi, ton cadeau.
– Je te le donnerai ce soir,
quand la lumière sera éteinte.

Lise serre la boîte bien fort
dans sa petite main.

Elle ne veut pas la lâcher…

même pour donner
à manger à son chat,

même pour arroser
son jardin,

même pour jouer
dans le sable
avec son râteau.

Il faut que François
la débarbouille,

lui lave les genoux,

boutonne sa chemise de nuit,

lui donne à boire et à manger.

François la couche et la borde.
Lise éteint la lumière.

Et voilà qu'elle se met à crier :
– François ! Viens vite ! J'ai peur ! C'est vivant !

Ça remue... pourtant, c'est du soleil
que j'ai pris dans ma boîte.
– Ce n'est pas possible ! dit François.
– Mais si, regarde : on voit la lumière par la fente.
– Oh ! oui, c'est drôle.

Alors François ouvre la boîte :
– Mais c'est un ver luisant !
– C'est une bête ?
– Oui, elle a comme une petite lampe sous le ventre.
Elle a dû tomber dans ta boîte ouverte
quand tu étais dans le jardin.

Tu sais, Lise, je suis content de ton cadeau.
On va mettre le ver luisant sur les grandes herbes
qui poussent devant la fenêtre.
Il va pondre des œufs partout.
Et quand ses petits auront des petits…

chaque nuit notre jardin sera illuminé
comme le ciel plein d'étoiles.